春雨喂喂我

林梓晨　著

浙江摄影出版社
全国百佳图书出版单位

序言

　　在童诗的星空中，每一颗诗心都是未被驯化的野花，以最本真的姿态绽放着对世界的惊奇。林梓晨的诗集《春雨喂喂我》恰似一场润物无声的雨，将90余首童诗化作晶莹的露珠，折射出儿童与自然、与生命对话的璀璨光华。这位11岁的少年诗人，用稚拙的笔触勾勒出云朵的褶皱、风的笑窝和星星的泳姿，而诗集中"诗画对话"的公益模式，让东西部孩子的童年以艺术为桥，在纸页间完成了一场跨越山海的共鸣。

　　在中国古典诗学中，诗歌被认为是一种心学。《礼记》有云，"人者，天地之心也"，而童诗恰恰是最接近天地本心的艺术形式。如《风》中"挠着大树的痒痒"的顽童意象，《大作家柳树》让池塘成为稿纸、鱼儿化身读者……这些未经雕琢的想象，恰是明代思想家王夫之笔下"与禽鱼草木同情"的共感力在新时代的延续。这种诗心传承，正呼应着中华文明"诗教"的千年文脉。

　　孔子曰："不学诗，无以言。"中国古代有着深厚的"诗教"传统，《礼记》记载："入其国，其教可知也。其为人也，温柔、敦厚，《诗》教也……"意思是到了一个国家，看看他们的教育，这个国家的人若是温柔敦厚，一看就知道这是"诗教"的结果，由此可见诗歌的教化作用不可小觑。"诗教"本质上是一种情感教育、人文教育和伦理教育，诗歌能唤起情感的觉醒，同时被赋予教化功能，在潜移默化中教导我们如何认识世界，如何为人处世，如何尊老爱幼，如何睦邻友好，如何相亲相爱。作为《诗刊》社落户于浙江文学院（浙江文学馆）的全国诗歌教育研究中心大力开展诗教计划的首部成果，《春雨喂喂我》的出版具有双重意义：于个体，它印证了"孩子是天生的诗人"；于社会，它开创了文学通识教育的新范式。

　　《春雨喂喂我》是一场献给童年的春雨。它告诉我们：童诗不是幼稚的涂鸦，而是"未被雕琢的璞玉"，藏着最本真的生命洞察。愿这场跨越千里的艺术对话，能如春雨般浸润更多心灵，让每个孩子都能在诗句中找到属于自己的星星、露珠与彩虹。

李少君

《诗刊》社主编

2025年4月6日于北京

最美诗性是天真

前几日，我读到了友人分享的林梓晨诗集《春雨喂喂我》。首先令我眼前一亮的是诗集中所配的彩色儿童画；再读几首诗，诗中散发出的天真烂漫气息感染了我。

诗句稚嫩，情感天真。作者原来是在读的小学五年级学生！

这是个有才华的小诗人。

关于浅显易懂的诗，我印象最深的是唐代骆宾王的"鹅鹅鹅，曲项向天歌，白毛浮绿水，红掌拨清波"。再有就是《诗经》首篇"关关雎鸠，在河之洲"了。诗言志，诗抒情。诗词文赋，自古是中国文人最基本的修养，文铺张，赋奢华，词对仗，唯诗最难又最易。难的是用最少的字表达最深的意，还要讲究音律。最易则是触景生情，用简洁文字，抒发情意。儿童天性纯真无瑕，无拘无束。在他们眼里，一切都是那么美好，视角新奇，观察细腻，情感单纯。如果用诗来表达感受，天然去雕饰，最打动人的就是天真。

林梓晨所在的学校有很浓厚的艺术氛围，加上良师指点，家长支持，这让她写诗的才华得以展现。林梓晨是"太阳花诗社"成员，创作诗歌已有三年多，已是颇有成就的小诗人。"小荷才露尖尖角"，她获得第四届"骆宾王国际儿童诗歌大赛"一等奖，在自我介绍时说："我们'太阳花诗社'的许志华老师，带我写了三轮春夏秋冬，每个春夏秋冬都不一样，因为我在一点点长大呀。"

这本诗集分四辑："凉凉的春味道"，写春天的美，春天的感受；"幸福藏在等待里"，写亲情、友情、师生情；"蹦跳的诗歌"，写日常生活、学习经历中的感受感悟；"完美的小孩"，写童心、稚爱。一个好的诗人，因为有一双敏锐、好奇的眼睛、细腻的观察，加上真实的情感，一人一事，一花一草，一鸟一虫，皆可成诗。林梓晨说："遇到什么，就写什么，写我真实感受到的世界，就是我写诗的秘诀。"林梓晨的诗，文字简洁明快，充满童真和想象力，比如《原谅》这首诗，可爱童真的表达，显现出小诗人的气质。

这是个有爱心的小诗人。

诗集的第四辑有首诗《只有奖状是彩色的》，是她观看上海春华秋实公益基金会"西部助学计划"家访活动纪录片以后，写下的感受。

上海春华秋实公益基金会在2011年就设立了"西部助学计划"，专门资助和帮扶贫困家庭的孩子，让他们能够得到公平的教育机会，在社会爱心人士的帮助下学习成长。这个项目的亮点是：让东部的孩子与西部的孩子结对子，"一起走，一起成长"。林梓晨小朋友也同样积极参与，是"西部助学计划"的"月捐小天使"。

　　这个纪录片记录了基金会于2024年8月13日，派出30位志愿者，分为5个小分队，走访四川长宁县山区50户贫困家庭，了解帮扶资助的43位学生学习成长的相关情况。其中一个贫困家庭的孩子竟生活在十分简陋的泥墙瓦屋中，家中没有一件像样的家具，但一面墙上却贴满了孩子的奖状。在困苦的环境中，仍然充满着求知的渴望。此情此景深深打动了林梓晨小朋友，她即兴写下短诗《只有奖状是彩色的》。

　　这本诗集的另一个特色就是图文并茂。儿童诗配儿童画，图画简洁，色彩鲜艳，有花花草草、小动物、小孩子、星星太阳、树木河流等，配以数行短诗，清新雅致，赏心悦目。

　　小诗人林梓晨对生活和事物的感悟独特，想象力丰富，展现了当下少年儿童丰富的内心世界，她有在诗歌领域继续升华的潜质。翻阅这本诗集，不失为一次美的感受。

刘伟

中华慈善总会副会长

2025年4月9日

目录

第一辑 凉凉的春味道

第二辑　幸福藏在等待里

第三辑　蹦跳的诗歌

第四辑　完美的小孩

第一辑

凉凉的春味道

春雨

春雨春雨沙沙下

小花小草都长大

我也张开大嘴巴

等着春雨喂喂我

嗯，凉凉的春味道！

咦，我怎么没长大？

图／赵一

图 / 赵一

调皮的大树

大树
总是伸着手
把细雨接到手心
一滴两滴无数滴
收集起来
等着小朋友们路过
手一松
哗啦啦——
浇他们一脸

树下扑花

风婆婆乘着花瓣翅膀

飞啊飞啊

如果你也去树下参加"扑花"比赛

那一定输得很惨

它体态轻盈

左躲右闪

不如静静躺下，让花扑你

图/泽丹多吉

07

水晶鞋

茅膏菜想去参加王子的舞会

露珠仙子

很热心

给它每一只脚都套上了亮晶晶的水晶鞋

一只、两只、三只、无数只

这样它逃跑的时候

就算丢掉一只也不怕了

鞋子

蜈蚣的鞋子
是皮制的
大小一模一样

鸭子的鞋子
是水做的
穿着穿着就没了

鸟的鞋子
是用花和草编织的
人们闻到芳香
心也会跟着飞翔

图 / 洛珠尼玛

地黄花

夕阳下
穿着粉色裙子的地黄花
头挨着头
和大地妈妈说着悄悄话
风也想听一听
可地黄花摇着脑袋不同意
地黄花的秘密
只想说给大地听

春天的一生

春天刚出生的时候
我摘一朵黄色迎春花
夹在书本第一页

春天长大了
我摘一朵粉色海棠
夹在书本中间

春天老去
我摘一朵白色绣球花
夹在书本最后一页

于是
翻着书
就能看见春天的一生

草

我喜欢在高高的山坡上
撒腿奔跑

和光一起

绿遍每个角落

和雨水一起

流向每道峡谷

然后

悄悄地开一朵小花

送给在我身上打滚的

你

图／甲拥土灯

13

冰激凌

夏天是炎热的
冰激凌是冰凉的
夏天是漫长的海岸
冰激凌是一道道凉爽的海浪

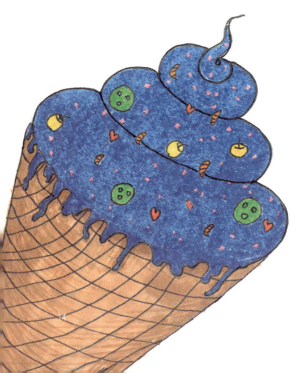

图／扎西翁姆

风

风喜欢追着白云玩
白云拼命逃跑
一会儿变大山
一会儿变神兽
却怎么也躲不开

风喜欢绕着大树玩
它挠着大树的痒痒
大树一边沙沙大笑
一边浑身颤抖

风喜欢和奔跑的小朋友玩
它钻进衣袖、裤腿
把孩子吹成飞奔的气球

误会

春天里的香樟树
最喜欢攻击人

扑哧、扑哧
上学路上
谁没有被攻击过

我手上托了一小颗
它刚刚发射的子弹

一、二、三、四、五、六
它居然是一朵六个瓣的小花

嫩黄色的花蕊里
藏着一句散发清香的"嘿，你好"

对不起
不小心误会了你

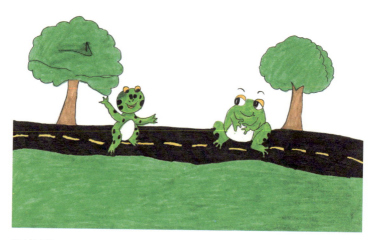

图/郎卡措

再见

昨天那片停在山顶的晚霞
前天那条从我渔网里溜走的小鱼
还有前年那只被埋在树底下的小乌龟
总想和你们再说一次再见

还好我有好办法
在我每一次想你的时候
对着照片快乐地说：
再见

交换

从东边升起的太阳
从西边落下的月亮
在深深的　深深的
海底
她们相遇
之后
交换了彼此的名字

图 / 仁真次召

露珠

露珠
是月亮的孩子

所以
它擅长变化

图／沈芯朵

躺在桃花瓣里是粉色

拽着草尖时是绿色

它能躲在夜色里"咚——"

滚落到叶片上

也能借着太阳"嗖——"

隐身了

星星

有一颗最胖最亮的星星

想学游泳

它"扑通"一声

跳进池塘

黑漆漆的湖面

一下子

盛满了星星的碎片

图 / 曾维杰

鸟鸣

"啾——""啾——""啾——"
这是雏鸟
就像小时候只会发单音节的我
"阿——"后面的"姨"还没学会

"啾啾——""啾啾——"
这是长大一些的鸟
会说"你好——你好"

"唧啾——啾啾啾——"
声音拐着弯
这是一只年轻的鸟
职业是歌手

蝉

我的歌声

和大树一样茂盛

和气温一样炙热

我不懂你说的枯败、飘零

除了夏天我一无所有

一只苍蝇

一只苍蝇掉在池塘里
像极了没学会游泳的我
在水里拼命挣扎

用木棒
给它做了救生艇
带上岸

来到岸上还打转
我想它一定是吓坏了

大作家柳树

站在池塘边的柳树

是个大作家

风是他的钢笔

沙沙　沙沙

一片落叶　一个词语

池塘是他的稿纸

鱼儿是他的读者

刚出生的鱼读到希望

年轻的鱼读到勇气

年老的鱼读到智慧

每一条鱼都在柳树的文字里

看到了自己

为白日放一次烟火

烟花在挣脱朴素的外衣后
用尽生命
闪耀
黑夜是它最好的伙伴

可我
想让
白天也拥有一次烟火

如果鱼想飞

鱼怎么样才能飞

找一双翅膀？
把风筝系在身上？
还是
直接坐上飞机？

其实
只要摇着尾巴
听我读诗

图/贡穷尼玛

头发

晚上头发铺在枕头上
真像一团乌云
等我睡着了
会下一场雪吧

下在我的脑子里
化成水
我要在里面养两条
漂亮的小金鱼

图/李明全

清晨醒来

头发成了鸟窝
要是能飞出一只鸟来
就好了
用叽叽喳喳
啄走瞌睡虫

剃头

草是地球的头发
它随着春风长得十分飘逸
于是人们想着给地球理个发
该用什么工具呢?
城市里的头发需要用割草机
而农村里的头发需要用推土机

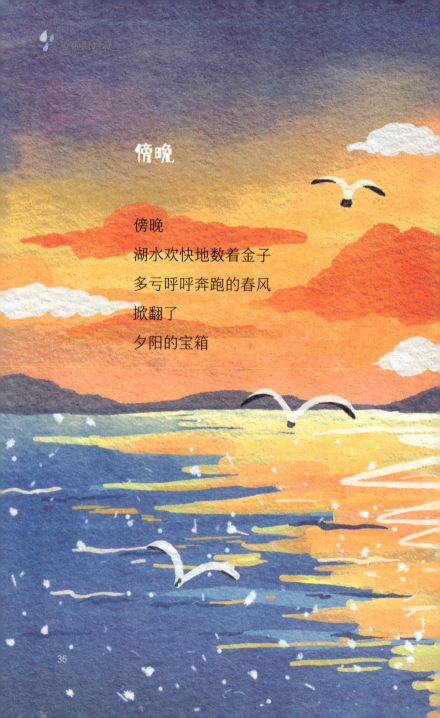

傍晚

傍晚
湖水欢快地数着金子
多亏呼呼奔跑的春风
掀翻了
夕阳的宝箱

图 / 曾维杰

图 / 武玉鸿

秧苗

秧苗是个贪吃的小家伙
她吃着土壤为她准备的营养午餐
她欢快地喝着乌云婆婆撒下的雨水饮料
她还一口口吞食金色的阳光

她吃得肚皮圆滚滚，浑身金灿灿
她终于成了伟大的水稻妈妈
沙沙，沙沙

伟大的水稻妈妈
低下头
给谷宝宝们哼起了歌谣

运河和我

当我还是婴儿时
妈妈抱着我
看运河驮着一艘艘船
颤颤巍巍地前行
它可真辛苦啊

四五岁时
沿着运河走去幼儿园
我总是在心里呼唤
运河——保护好你的宝藏
千万不要让钓鱼人
带走你的鱼宝宝哟

现在我成了小学生
而一千多岁的运河
开始和我说它过去的故事了

幸福湖

这是幸福的渴望

湖把大地上

清晨鸟儿的鸣叫

夜晚的虫声

幸福的歌唱

都收集起来

赐予人

幸福和快乐

秋千

大海边

夕阳下

一架秋千

长在树枝丫

荡啊荡啊

笑声

牵着渔船回家

图／武玉鸿

图／曾维杰

大海啊爸爸

大海很庞大
真像个爸爸

力气特别大
还是像爸爸

肚子里装满鱼虾
这就是爸爸

45

咸海

大海邀请海风喝盐
海风喝醉了
东倒西歪
送我一身咸

幸福藏在等待里

"妈妈"是个咒语

"妈妈"其实是一个咒语
只要喊出它
所有的坏事都会消失

每当饿了
大喊"妈妈——"
每当冷了
大喊"妈妈——"
每当痛了
大喊"妈妈——"

为了让世界更美好
请和我一起施咒
大喊
"妈妈！"
"妈妈，我爱你！"

只抱 5 下

我是个勤劳的好宝宝
每次只叫妈妈抱 5 下
1、2、3、4、6、7、8、9、1、2、
3、4、6、7、8……

是爸爸

今天幼儿园老师问我们
这是什么动物
"它胖胖的……"
我抢答"是爸爸！"

水龙头

给妈妈安个水龙头
夸我的时候开到最大
唠叨的时候把它拧紧

给夏天安个水龙头
动动指头　张张嘴巴
西瓜汁和冰汽水就来啦

给天空安个水龙头
当别人那里下雨的时候
白色的棉花糖哗啦啦流出来
包裹了我一身

图／高昌志

原谅

我很生气很生气

仔细计算了下

需要 100 年才能原谅

看在你是我妈妈的分上

减去 99 年

又看在你是我好朋友的分上

再减去 365 天

我打算

在下一秒

就原谅

图 / 林梓晨

另一个我

照片里，阿姨的圆脸蛋
瘦成了尖瓜子
照片里，舅舅的细长脸
胖成了大圆饼
弟弟指着年轻的老阿太
叫外婆
我发现小时候的妈妈
是另一个我

图／陈桂林

混合双打

爸爸批评我不刷牙
妈妈马上让我去

妈妈批评我熬夜
爸爸马上叫我去睡觉

爸爸批评我作业不做
妈妈马上推我去书房

妈妈批评我
爸爸也批评我
哎，我就是那个一直撞墙的壁球
并且
被混合双打

我的弟弟

我的弟弟

像颗麦芽糖

既甜又黏

我说什么

他都赞同

还会学我做一样的动作

说一样的话

我叫他爸爸舅舅

他也非要叫我爸爸舅舅

每当我难过的时候

每当我难过的时候

我就想念我的幼儿园

那里有超大滑滑梯

那里有贝贝、豆豆、臻臻

还有金老师

金老师喜欢我

金老师喜欢每一个小朋友

可是

金老师就是不努力

你看

努力的小朋友们都去上小学了

她还一直在教幼儿园

金老师呀

你要好好学习呀

这样

才能教小学生，教中学生，教大学生

这样我才能一直当你的学生

写给许老师

（一）眼睛说他老了

开运动会的时候
看到了我的写诗课老师
他的身体和脸看起来都很年轻
可是我知道他很老了
因为
他常常眯起来的眼睛里
写着年纪

图／赵一

（二）移动的棒冰

夏天的第一根棒冰

是许老师送的

从此我的写诗课

就是甜的

从此许老师

就是移动的棒冰

图 / 赵一

（三）许老师讲诗

我们的好诗句
是清澈的溪水
在阳光下发光
许老师跳了进去
夸奖是给清澈的
夸奖是给我们的
夸奖是给他自己的

图／赵一

写给汤老师

我的汤老师
是孙悟空
会七十二变

图/李雯洁

带我们过马路时

变成老母鸡"咯咯咯咯"

护着我们这群鸡仔

不被汽车叼走

听到同学受伤时

变成猎豹

一下子就冲到"案发现场"

管理班级纪律时

"嗷呜"变成狮子

森林一片寂静

当我表现好时

又变成了萨摩耶——

手拿小红花的微笑天使

当粉色头发遇上我的老师们

把粉色裙子套在头上

假装长出了很长很长的头发

写诗课老师说

哇，你染发啦？

美术老师说

你可真有创意啊！

科学老师说

你的重力更大了

地球更喜欢你了

信息技术老师

只瞄我一眼

继续埋头打字

英语老师说

Rapunzel is here

数学老师说

快量下裙子的长和宽

计算下周长和面积

班主任说

要上课了

请把套在屁股上的裙子

从脑袋上拿下来

图/李梓涵

听诗歌朗诵"将进酒"

有一个爷爷

穿着黑色袍子

灰白的长发和蓬松的胡子

像我心爱的圣诞老公公

他把李白装进身体里

举着"将进酒"

把自己和我们都灌醉了

幸福

幸福藏在等待里

比如，即将破解的九宫格

比如，正在制作的棉花糖

比如，舅舅答应送我的小狗

比如，越来越近的假期

比如，我长大是一朵花，还是一棵树

妈妈说都是她的幸福

图 / 李晶滢

踢足球

砰——

球飞了

砰——

我的鞋飞了

砰——

我飞了

哈哈哈哈

妈妈的笑

也飞了起来

第三辑

蹦跳的诗歌

温度计

温度越来越高

狗狗的舌头越吐越长

狗狗的舌头——天然温度计

图／黄元双

heat!

79

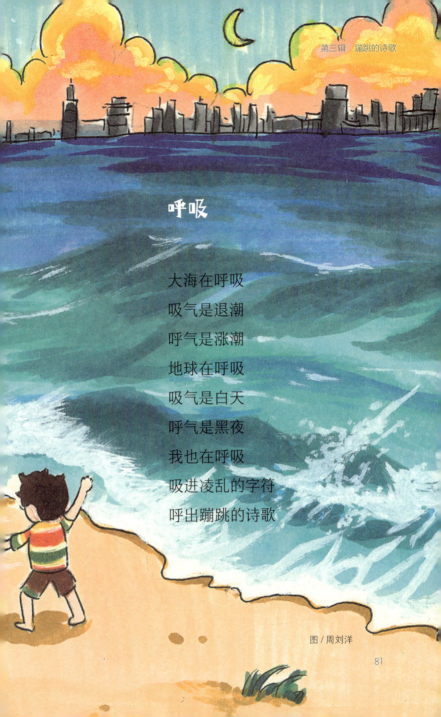

呼吸

大海在呼吸
吸气是退潮
呼气是涨潮
地球在呼吸
吸气是白天
呼气是黑夜
我也在呼吸
吸进凌乱的字符
呼出蹦跳的诗歌

图／周刘洋

81

春雨喂喂我

图／赵一

刺猬外套

夏天穿上了刺猬的外套

小朋友一出门

她就狠狠来拥抱

怎么让长颈鹿脖子变短

为什么长颈鹿
脖子那么长
妈妈说
因为树叶长得高
脖子短的都饿死了

那是不是
每天给长颈鹿喂草吃
它们的脖子就能变短

图/刘奕婷

戴口罩

给啄木鸟戴口罩

很多大树要死掉

给大象戴口罩

那要费多少布料

给老鼠戴上口罩

人们就再也不用担心温饱

给蚊子戴上口罩

我的夏天

就只剩冰激凌的美好

图／周刘洋

给乌云挠个痒

乌云盖在
我们头顶

我要把乌云拧一拧
挤干它黑色的水分
我要拿乌云去烤一烤太阳
让太阳的金胡子给它挠个痒

图/刘奕婷

89

我的鼻涕用处大

鼻涕鼻涕用处大

我可不是说大话

我的鼻涕可养鱼虾

我的鼻涕可种庄稼

我的鼻涕可补虫牙

我的鼻涕可盖大厦

嘿哈

其实

我只是不想吃药呀

图 / 高慕寒

神奇的脚

我们的脚真神奇
只要
抬起　落下　抬起　落下

高高的山
变得越来越矮
长长的路
变得越来越短

只要抬起　落下
抬起　落下

嘴馋

开运动会

我们拿着小板凳排排坐在操场上

好像一节节车厢

三（2）班是餐车

那里有饼干、巧克力、水果

我们班是没装货的空车厢

空空的肚子

咕噜咕噜开动

每个部位都有用

脑袋用来安眼睛鼻子嘴

肚子用来装咕噜声

背用来睡觉

屁股用来坐

图/高慕寒

晒腊肉

冬天
矮树上长出了褐色的大叶片
那是一刀刀腊肉

一群狗经过
那条生了小狗的花点狗
瞟了腊肉一眼
一步三回头跟着其他狗
跑走了

第二天
这条狗经过
欢快地跳起
咬走一刀肉
摇着尾巴跑走了

第三天
腊肉主人站在树旁
这条狗又闻香而来

一人
一狗
对视　沉默
忽然腊肉主人从背后拿出一块鲜肉

原来晒的腊肉
是一则寻狗启事

图 / 陈祖尹萱

春雨喂喂我

哇 哇

图 / 刘奕嬉

98

我和青蛙

用网兜捞到一只大青蛙
它没有"呱呱呱"
我却吓得"哇哇哇"
我吓得一大叫
青蛙吓了一大跳
蹦进池塘不见啦

打桂花

夜深了
桂花眨着明亮的眼睛不睡觉

妈妈拿着戒尺
我提着水桶
嘿
你可别以为
是因为桂花们
不好好睡觉
要被打手板

图／李晶滢

我们

只是去敲敲桂树家的门

邀请桂花来我家做个客

图 / 邵梦晗

躲猫猫技术谁家强

小小的桂花宝宝

以为他们躲猫猫的技术特别好

可是

他们

每次都躲在树叶后

每次大家都挤到一起

每次都散发出浓浓的香气

比我那个以为挡住眼睛就躲猫猫成功的弟弟

还好找

2 月 29 日

我有 29 日
别人都没有

我在这一天的早上
去当动物园里的猴子
站在高高的树上
参观那些来参观我的人

我在这一天的下午
去做伏地魔
先解放食死徒
再试下老魔杖的威力

我在这一天的晚上
当一次妈妈
最好孩子调皮点

图 / 黄熙

可以练习下妈妈牌狮吼功

老师在我的 29 上
画上了红圈圈

我的 29 日消失了

图 / 张新辰

开学

暑假是饥荒季
桌兜饿了
粉笔擦饿了
烦恼瘦了

开学是丰收季
桌兜一口吞下所有的课本
粉笔擦细嚼慢咽黑板上的粉笔字
烦恼又要开始长成大胖子了

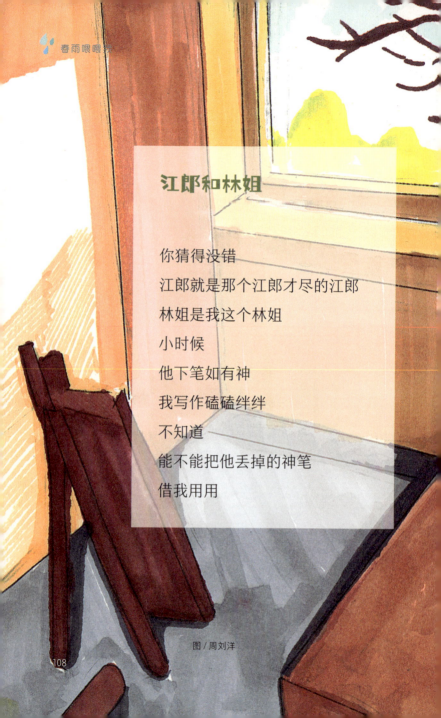

江郎和林姐

你猜得没错
江郎就是那个江郎才尽的江郎
林姐是我这个林姐
小时候
他下笔如有神
我写作磕磕绊绊
不知道
能不能把他丢掉的神笔
借我用用

图／周刘洋

春天的梯

来到第一层

看到

柳树梳理嫩绿的长发

图 / 周小丽

来到第二层

看到

玉兰树上的花苞

笑破了肚皮

来到第三层

一片片粉樱花

在风里奔跑

来到第四层

绣球花挺着圆滚滚的肚皮

找夏天

梯原来是春天的守门人

我要这样过夏天

我想关上太阳

打开月亮

脖子上挂一串棒冰

躺进西瓜肚子

开始又爽又甜的夏天

图 / 李柯楠

黑魔法

地球被施了黑魔法

越来越热

我跳到泳池里

铸了把水剑

还没等我使出第一招

太阳就一口吞没了武器

我跳到大海里

寻找新的神器

却发现

海水被热得口吐白沫

我只好穿着透明的汗水服

回家问问空调和西瓜

是否有解决的办法

Summer

图／杨梓烩

和雨滴一起唱

雨滴在合唱
声音一会儿高　一会儿低
我跑来当指挥
挥舞双手
雨滴们没有飙高音
握起拳头
它们没有停止歌唱

我只能跺着脚
在雨里和它们一起唱

图／刘奕婷

新手蚊子

咋天晚上
遇到了一只
新手蚊子

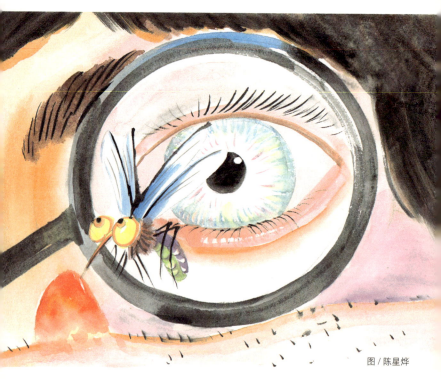

图/陈星烨

它在我手背上
留下了
一座火山

我劝
这只笨蚊子
快卷起来

下次再遇到我
才能一针见血

这戳戳
那试试
浪费一嘴麻醉液
是躺平的做法

菜就要多练！
练成之前别找我

图／曾维杰

大雪

一把把白色的飞刀朝我飞来
却没有伤到我

因为
我温暖了它们

121

小蝌蚪找妈妈

小蝌蚪

怎么才能找到妈妈

很简单

只要它

前腿踢　后腿蹬

学会蛙泳

就成功了

图 / 达瓦多召

春雨喂喂我

124

跑走了的诗

昨天

乌云扔给我一首诗

我忙着捞鱼

忘记把它夹到写诗本了

今天

我回头找它

这首诗

已经跑得无影无踪了

图 / 苏于怡

春雨喂喂我

图/武玉鸿

我养了两只鸭子

（一）一只鸭子的愿望

多想住在西湖里

低头吃鱼虾

抬头看雷峰塔

那里早上的阳光

散发着荷叶的香气

那里傍晚的暮色

包裹着人们的欢乐

（二）晒太阳的鸭子

我出生的时候

是一只金黄的毛茸茸的鸭子

每天在池塘里快乐地晒太阳

晒呀晒太阳

渐渐地我长出了黑色羽毛

大家都说我是只丑鸭子

我还是在池塘里开心地晒太阳

晒呀晒太阳

我知道有一天

会成为黑乎乎的卤鸭

但是

不影响我现在

在池塘里开心地晒太阳

晒呀晒太阳

图／兰美娴

图／袁锘菥

（三）功夫鸭

鸭子跳上盒子
鸭子蹿出笼子
鸭子蹦到地面
鸭子飞奔着坐上电梯
我猜我养了一只功夫鸭

（四）鸭子的手机

嘎嘎嘎
是鸭子们的手机
当他们找不到小伙伴时
靠这个找到彼此

图 / 贡穷尼玛

回应

如果
我轻轻抚摸野草
它就回应我柔软

如果
重重地一屁股坐下去
野草就变身钢针
回应我的野蛮

第四辑

完美的小孩

厕所标志

妈妈指着穿裤子的标志说
这是男厕所
指着穿裙子的标志说
这是女厕所

我低头看了眼
自己穿的裤子
哦，今天我可以上男厕所

图 / 魏天翼

完美

完美的糖

它像棒冰一样冰爽

它不蛀牙

不影响视力

没有粘着妈妈的唠叨

可惜

它再也不甜了

完美的小孩

她不调皮捣蛋

她每次考试都考 100

她遵守父母定下的所有规则

可惜

她是个机器人

同情

书包张大了嘴巴
吐出一本本刚装进去的书

妈妈也张大了嘴巴
这是第 100 次背书包不拉拉链

我告诉妈妈
其实
我是披着莽撞皮的爱心小天使

看到流浪狗
可怜它们吃不好
看到装进笼子的鸭子
可怜它们不能跑

妈妈很委屈
为什么小天使从来不可怜她?

我想
只有弱小才需要同情
而妈妈
无所不能

幸亏是小孩

我有两颗心

一颗心叫玩耍

一颗心叫学习

白天我听从玩耍的安排

夜晚学习就开始念叨

幸亏

我是小孩

只有大人

才需要学习

怎样让两颗心都微笑

图 / 周禹含

希望的六一

教室变成动物园

我变成长颈鹿

老师变成游客

不停地把作业变成的树叶

投喂给我

如果树叶是新鲜的

我就快乐地吞下

如果是干枯的

马上吐出来

图／黄梓怡

开花

我开不了花
因为时间还没到
妈妈开不了花
因为时间已过
爸爸开不了花
因为他是一棵树

不要期待
别人开花
比如
地球
那将是火山爆发

图 / 王夕洋

最亲的陌生人

我问妈妈

"What's your name？"

我问爸爸

"Can you speak Chinese？"

我问弟弟

"How old are you？"

英语

使我们成为陌生人

How are you？

Fine，thank you．

图／莫婷

图／陈燊煊

离家出走

早上起来发现爸爸不在家
我有点儿生气
他不和我告别就走了
这叫离家出走

骂菜

我的妈妈是位厨师
只做"骂菜"
每次当我想去买零食
她就把"骂"端出来
给我吃

逛菜场

胖乎乎的鲳鱼
闪着银光
躺平了

关在网里的大闸蟹
挥舞着钳子
还在挣扎

三轮车上的大白菜
整齐地排排站
好像在接受检阅

每一个摊位
都像装了雷达探测
我的目光扫过
就自动响起小贩的吆喝

高空抛物

乌云最喜欢
把雨滴砸在池塘、江河、大海
啪嗒、啪嗒

秋风最喜欢
把树叶丢向土地
沙沙、沙沙

小鸟最喜欢
让鸟屎落在调皮小孩的头顶
扑哧、扑哧

大家都爱高空抛物
只有我不可以
就算气球也不行

图 / 游馨柔

155

图 / 李瑞雪

颠倒世界

从明天开始

所有的鱼都会飞翔

所有的鸟都会游泳

从明天开始

太阳会下雨

乌云会发光

从明天开始

我们周中两天

我们周末五天

从明天开始

生病了吃糖

健康时吃药

只有奖状是彩色的

这里的墙壁是灰色的
这里的路是褐色的
这里的所有家具
都好像不住在家里
而是荒凉的野外
它们　瘦小　孤独

只有墙上的奖状是彩色的
发着光

图/武玉鸿

158

注：作者观看上海春华秋实公益基金会西部助学计划
家访活动纪录片有感。

突突突突

窗外
"突突突突"
老师说
除草机的声音太响了

我听到的
是野草们的哭声

它们哭

不被欣赏

它们哭

不能自由生长

汹涌的悲伤

都化成了

"突突突突"

"突突突突"

重新开始的力量

图／武玉鸿

看绿色

这一天
突然
老师让我们下课
去看看绿色

可是我的腿
太调皮，总想奔跑，这样不行
我的声音太大，太喧闹，这样不行
哎，还是坐在位置上
管好自己的腿
和大笑

要不还是出去看看？
可是
课堂是个大怪兽，总要吃掉课间时间

也许还没等我跑到操场
上课的铃声就又响了

我想　我还是，坐在教室里吧
穿一件绿色的衣裳

图／张学明

163

图 / 肖熠妡

敲打

湖面结冰了
鱼有了一堵坚固的门
我敲着门
想叫鱼起床
鱼没醒来
门却碎了

亲爱的大人们
不要因为"为你好"
来敲打我们了
我们也会碎的

扣税国

欢迎来到扣税国
听好了乡巴佬
当我成为国王
我要制定新的规矩

图／赖进玺

吃饭要扣税

拉屎放屁要扣税

站着不动要扣税

眨眼要扣税

保准富翁进来

乞丐出去

胖子进来

竹竿出去

100 分进来

0 分出去

难过

这一天我很难过

难过

让我失去了翅膀

从空中坠落

难过

使我变成一块石头

又笨又丑

我需要妈妈的拥抱

一个不够

两个才能重新变回来

还需要棒棒糖

一颗不够

两颗才能让我重新长出翅膀

图／叶梦涵

春雨喂喂我

生命周期

一个宇宙的寿命是 1400 亿年

一颗星星的寿命是 100 亿年

一棵松树的寿命是 2000 年

一只海龟的寿命是 150 年

一个人的寿命是 80 年

一条狗的寿命是 10 年

一只蚕宝宝的寿命是 2 个月

一朵小麦花的寿命是 15 分钟

一道闪电的寿命是 1 秒

我们各不相同

却有一样的生命周期

出生　成长　繁殖　死亡

图 / 杨思雨

猎人海力布

大家都说猎人海力布特别伟大
为了乡亲把自己石化
我却觉得他做人尴尬

随手救人
要的报酬却是人家含在嘴里的宝贝疙瘩

图 / 赖进玺

这个宝贝让他听懂动物的话

听懂对方的话
难道不应该是一家？

而他
却把动物追杀

最后他付出了代价
人啊，不能贪心，帽子戴得太大

我有正确的做法
拿上龙王的金银珠宝吧
在城里给乡亲们安一个快乐的家

等小偷

前天
小偷偷走了我家冰箱里的冰棍
冰箱的心空荡荡的

昨天
小偷偷走了我家窗外银杏树的金叶子
枝丫变成了穷光蛋

今天
我的书包里装满了美味的作业
但那个爱偷东西的小偷不来

策划统筹：邱建国

责任编辑：唐念慈

装帧设计：施慧婕

责任校对：王君美

责任印制：陈震宇

图书在版编目（CIP）数据

春雨喂喂我 / 林梓晨著. -- 杭州 ：浙江摄影出版
社，2025. 6. --（光·影·诗）. -- ISBN 978-7-5514
-5403-2

Ⅰ. I227

中国国家版本馆CIP数据核字第2025EX8427号

CHUNYU WEIWEIWO

春雨喂喂我

林梓晨　著

全国百佳图书出版单位

浙江摄影出版社出版发行

　　地址：杭州市环城北路177号

　　邮编：310005

　　电话：0571-85151082

　　网址：www.photo.zjcb.com

制版：杭州真凯文化艺术有限公司

印刷：浙江兴发印务有限公司

开本：787mm×1092mm　1/32

印张：6

字数：94千字

2025年5月第1版　2025年5月第1次印刷

ISBN 978-7-5514-5403-2

定价：48.00元